FABIANO ORMANEZE

ILUSTRAÇÕES
DOUGLAS REVERIE

ALEIJADINHO
Antônio Francisco Lisboa

1.ª edição – Campinas, 2024

"Aleijadinho é a solução brasileira da Colônia.
(...) Ele reinventava o mundo."
(Mário de Andrade)

Há quase trezentos anos, a cidade de Ouro Preto chamava-se Vila Rica, e esse nome tinha uma razão de ser: havia na região muitas minas de ouro, diamantes e outras pedras preciosas. O sonho de riqueza atraía pessoas de diversos lugares, e Vila Rica era, naquela época, uma das maiores cidades de toda a América.

O Brasil ainda era uma colônia de Portugal e vivia o período da escravidão. Os escravizados eram forçados a trabalhar nas minas em busca de ouro e pedras preciosas, que depois eram levados para Portugal.

Foi em Vila Rica que nasceu Antônio Francisco Lisboa, um dos primeiros e mais importantes artistas brasileiros.

O pai de Antônio, Manuel, era um arquiteto português, que havia se mudado para Vila Rica atraído pela promessa de riqueza. A mãe de Antônio era uma mulher escravizada chamada Isabel. Os documentos da época apresentam datas diversas, mas é provável que Antônio tenha nascido em 29 de agosto de 1738.

Por ser filho de uma mulher escravizada, o menino precisou que o pai lhe concedesse a alforria no dia do batismo. Dessa forma, ele pôde crescer em liberdade.

Ele cresceu acompanhando o trabalho do pai, que costumava atuar em obras importantes. Depois da escola, o menino parava no ateliê para aprender a entalhar madeira e fazer os primeiros desenhos.

Com talento e esforço, o jovem passou a criar suas próprias obras pouco tempo depois. Os primeiros trabalhos que Antônio fez sozinho foram dois chafarizes em Vila Rica. Um deles, erguido em 1752, foi colocado em frente a uma construção erguida pelo pai, o Palácio dos Governadores. O outro, erguido em 1758, foi feito para o seminário dos franciscanos, onde Antônio tinha aprendido a ler e escrever.

Para construir os chafarizes, Antônio utilizou a pedra-sabão, uma rocha menos dura do que as outras. Ninguém usava esse material para criar obras de arte. Havia até quem a chamasse de pedra-panela, pois era usada na produção de utensílios de cozinha. Mas Antônio inventou um novo uso para ela!

Nos anos seguintes, enquanto Antônio desenvolvia cada vez mais suas habilidades, ele realizou diversos trabalhos. Por ser negro, nem sempre podia assinar as próprias obras. Muitos lhe encomendavam serviços, mas exigiam que ele fizesse tudo de forma anônima. Além disso, por ser filho de uma mulher escravizada, ele não teve direito a nenhuma herança depois da morte do pai.

Por volta dos 30 anos de idade, Antônio já era um artista conhecido. Mesmo trabalhando às vezes de forma anônima, seu talento falava por si só: bastava olhar para uma obra sua para saber quem era o criador! A fama se espalhava pelas cidades vizinhas, de onde lhe chegavam encomendas importantes, como a fachada da Igreja de Nossa Senhora do Carmo, na cidade de Sabará.

Nessa época, ele montou o próprio ateliê, onde trabalhavam outros artesãos e escultores, que se tornaram seus auxiliares. Ainda que Antônio fosse o responsável pelas obras, muitas atividades eram desempenhadas por esses outros profissionais. Antônio era o mestre, e os outros, os aprendizes.

Como era comum em Vila Rica, cada grupo social se organizava para erguer a própria igreja. Em 1772, como prova de que já era um artista reconhecido, Antônio foi aceito na Irmandade de São José, que reunia diversos artistas mineiros, a maioria pardos, filhos de homens portugueses e mulheres escravizadas. Fazia muitos anos que eles estavam trabalhando na construção de uma igreja, e Antônio ficou responsável pelo altar principal. Diziam à época que ele não cobrou nada pelo serviço. Essa construção é conhecida atualmente como a Igreja dos Artistas.

Foi nesse período que Antônio começou a namorar Narcisa. Eles tiveram um filho, Manuel, mas ficaram juntos por pouco tempo. Ela se mudou para o Rio de Janeiro e levou o garoto, que mais tarde também se tornou um artesão.

Antônio recebia o pagamento em ouro pelas obras encomendadas, cerca de três gramas por dia. Apesar dos muitos trabalhos, ele não enriqueceu.

Mesmo não tendo muito dinheiro, Antônio costumava fazer doações aos mais pobres e, como era comum na época, teve pelo menos três escravizados trabalhando no ateliê: Maurício, Agostinho e Januário.

Em 1777, o artista começou a ficar doente. Não se sabe ao certo o motivo, mas várias partes de seu corpo ficaram deformadas, e ele passou a ter dificuldade para andar. Alguns diziam que era lepra, doença que atacava muitas pessoas naquele período e causava medo, obrigando os infectados a se isolarem. Mas isso não aconteceu com Antônio. As marcas da doença, no entanto, deram a ele um apelido pelo qual passaria a ser chamado: Aleijadinho.

A doença piorava com a exposição ao sol, e, por isso, ele passou a trabalhar durante a madrugada. Por essas características, muitos médicos e cientistas de hoje acreditam que ele possa ter tido porfiria, uma doença que causa bolhas na pele e prejudica outros órgãos se não for tratada.

Tudo isso lhe causava muitas dores no corpo. Além disso, ele chegou a ter vários dedos amputados e, na fase final da vida, só conseguia caminhar de joelhos. Para continuar trabalhando, amarrava os instrumentos nos braços.

O estilo das obras do artista é chamado barroco, muito comum nas igrejas e nos palácios da Europa. As obras barrocas geralmente apresentam muita expressividade, principalmente nos rostos das esculturas, além de diversas linhas curvas, retratando ao mesmo tempo sentimentos diversos, como o amor e a dor ou o sofrimento e a compaixão. Inspirado no barroco, Antônio criou obras únicas e inconfundíveis.

A obra-prima de Antônio foi encomendada em 1796. Com vários ajudantes, ele foi o responsável por 66 esculturas em madeira retratando a Via-Sacra, que representa o sofrimento de Jesus Cristo, conforme está escrito na Bíblia. Também fez parte desse trabalho a série de 12 esculturas de profetas, feitas em pedra-sabão, colocadas em frente ao Santuário de Bom Jesus de Matosinhos, na cidade de Congonhas, em Minas Gerais. Foram quase dez anos de trabalho até tudo ficar pronto.

Nessas obras, é possível ver algumas das principais características do estilo do artista, como a sensação de que os personagens estão em movimento, além das emoções reveladas nos olhares e nas expressões faciais.

Todos os profetas têm cabelos cacheados e usam turbantes. Os rostos têm os olhos puxados, lembrando um pouco os orientais. Já nas peças da Via-Sacra, estão outras de suas marcas inconfundíveis, como a covinha que divide o queixo, o nariz fino, as narinas profundas, a boca entreaberta e os corpos flexionados.

Nos últimos anos de vida, a saúde de Antônio piorou bastante. Em 1809, ele fechou o ateliê. Passou, então, a acompanhar as obras do artista Justino de Almeida, que tinha sido seu aprendiz. Já quase sem visão e sem poder andar, foi viver na casa do filho e da nora, onde morreu em 18 de novembro de 1814. Ele foi enterrado na Igreja de Nossa Senhora da Conceição, em Vila Rica, uma das primeiras em que trabalhou. No lugar, atualmente, também existe um museu dedicado ao artista.

Mais de dois séculos depois, suas obras atraem milhares de turistas e historiadores, que tentam entender detalhes sobre as técnicas e a vida de Antônio. Centenas de obras, assinadas ou anônimas, estão espalhadas por várias cidades mineiras, como Ouro Preto, Tiradentes, São João del-Rei, Sabará, Congonhas e Mariana.

A vida de Antônio Francisco Lisboa foi repleta de desafios. Filho de mãe escravizada, discriminado por causa da cor de sua pele, vítima de uma doença devastadora, deixou um legado ainda mais precioso do que o ouro: obras de arte que são provas da genialidade e da coragem de um pioneiro.

A OBRA

A coleção BLACK POWER apresenta biografias de personalidades negras que marcaram época e se tornaram inspiração e exemplo para as novas gerações. Os textos simples e as belas ilustrações levam os leitores a uma viagem repleta de fatos históricos e personagens que se transformaram em símbolo de resistência e superação.

As biografias são responsáveis por narrar e manter viva a história de personalidades influentes na sociedade. É por meio delas que autor e leitor vão mergulhar nos mais importantes e marcantes episódios da vida do biografado.

Essa obra retrata de forma sensível e inspiradora a trajetória de Antônio Francisco Lisboa, conhecido também como Aleijadinho. Filho de uma mulher escravizada e um homem português, Antônio cresceu vivenciando as injustiças presentes na sociedade brasileira. Foi ao lado de seu pai que ele conheceu o universo da arquitetura e, com talento e esforço, passou a produzir as suas próprias obras em Vila Rica. Sua vida não foi fácil, mas não seriam as marcas de uma doença desconhecida ou o preconceito que lhe cercava que o impediriam de conquistar sua marca no mundo. Inspirado no barroco, Antônio criou obras únicas e inconfundíveis e se tornou um dos principais artistas brasileiros.

CURIOSIDADE

Os antigos egípcios tinham o costume de escrever sobre os seus líderes. Era assim que os seus principais feitos se mantinham vivos. Com o tempo, esses textos ganharam importância, e foi preciso criar um termo que pudesse nomeá-los. Foi assim que o filósofo Damásio uniu duas palavras vindas do grego: *bio*, que significa "vida", e *grafia*, que significa "escrita". Dessa maneira, surgiu o que conhecemos hoje como o gênero biografia.

Conheça algumas das principais características desse gênero:

- texto narrativo escrito em terceira pessoa;
- história contada em ordem cronológica;
- veracidade dos fatos, ou seja, não é uma história inventada;
- uso de pronomes pessoais e possessivos (ele, ela, seu, sua…);
- uso de marcadores de tempo (na adolescência, naquela época, na vida adulta…);
- verbos no pretérito, ou seja, no passado, pois os fatos narrados já aconteceram (fez, falou, escreveu…).

FABIANO ORMANEZE

DOUGLAS REVERIE

FABIANO ORMANEZE é jornalista, escritor, professor, pesquisador e, por tudo isso, apaixonado por biografias, tema ao qual se dedicou no mestrado e no doutorado, ambos pela Universidade Estadual de Campinas (Unicamp). Escreve para crianças, adolescentes e adultos, sempre tendo em mente que a melhor matéria-prima para uma boa história é a vida humana. Cursou Jornalismo na PUC-Campinas e especialização na Academia Brasileira de Jornalismo Literário (ABJL). Foi repórter e editor em jornais e revistas, assessor de imprensa, revisor, mas gosta mesmo de estar na sala de aula, contando histórias e ensinando outros a se tornarem também autores. Está sempre em busca do próximo personagem ou de uma boa história. Pela Editora Mostarda, já publicou as biografias de Milton Santos, Mário Juruna, Madalena Paraguaçu, João do Rio e, agora, Aleijadinho, uma obra que aborda a trajetória do maior representante do barroco brasileiro.

DOUGLAS REVERIE nasceu na grande São Paulo e cresceu em Campos do Jordão. Entediado e com apenas montanhas e árvores para olhar, tornou-se um contador de histórias, tendo tempo de sobra para desenhar e praticar. Amante de massas, Douglas adora cozinhar. Quando não está na cozinha, investe seu tempo em leituras de livros e quadrinhos de fantasia e ficção especulativa. Formado em Artes, focou seus estudos em afrofuturismo e cultura africana. Consolidou seu trabalho realizando capas e ilustrações que trazem pessoas negras como protagonistas, inspirando jovens a se verem representados na literatura e nos quadrinhos. Atualmente atua como quadrinista, ilustrador, *character designer*, professor de arte e escritor de fantasia e ficção. Na coleção Black Power, ilustrou a biografia de João do Rio e, agora, do grande artista barroco Aleijadinho, um desafio que realizou com delicadeza e esplendor.

ALEIJADINHO

Nome: Antônio Francisco Lisboa
Nascimento: 29 de agosto de 1738, Ouro Preto (Vila Rica), Minas Gerais
Nacionalidade: Brasileiro
Mãe: Isabel Francisco Lisboa
Pai: Manuel Francisco Lisboa
Profissão: Escultor
Falecimento: 18 de novembro de 1814
Obra principal: Santuário do Bom Jesus de Matosinhos

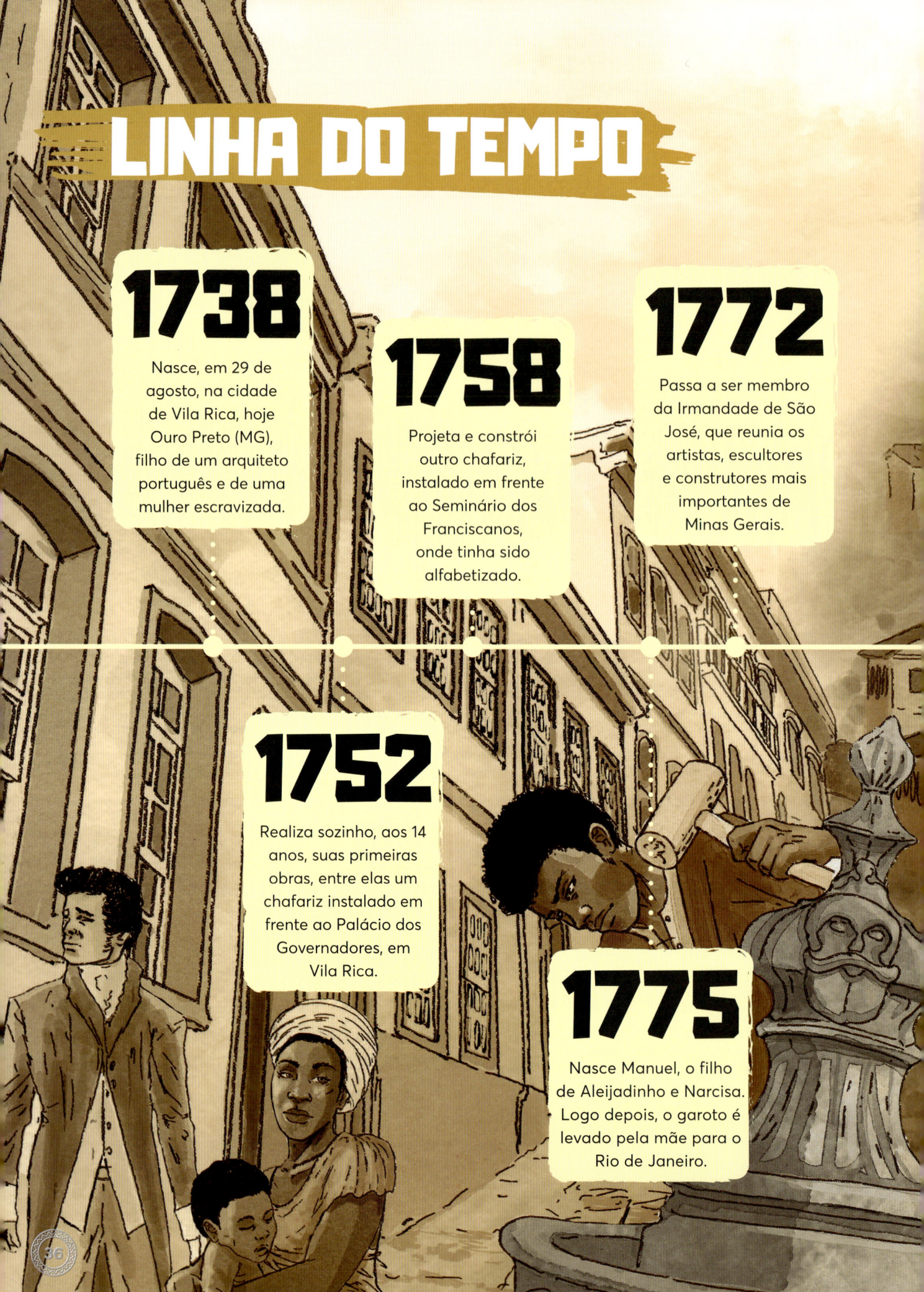

LINHA DO TEMPO

1738 — Nasce, em 29 de agosto, na cidade de Vila Rica, hoje Ouro Preto (MG), filho de um arquiteto português e de uma mulher escravizada.

1752 — Realiza sozinho, aos 14 anos, suas primeiras obras, entre elas um chafariz instalado em frente ao Palácio dos Governadores, em Vila Rica.

1758 — Projeta e constrói outro chafariz, instalado em frente ao Seminário dos Franciscanos, onde tinha sido alfabetizado.

1772 — Passa a ser membro da Irmandade de São José, que reunia os artistas, escultores e construtores mais importantes de Minas Gerais.

1775 — Nasce Manuel, o filho de Aleijadinho e Narcisa. Logo depois, o garoto é levado pela mãe para o Rio de Janeiro.

OBRAS IMPERDÍVEIS DE ALEIJADINHO

12 profetas do Santuário de Bom Jesus de Matosinhos

Esculpidas em pedra-sabão, as peças foram produzidas entre 1796 e 1805. Localizadas na cidade de Congonhas (MG), as obras chamam atenção pela busca do realismo na anatomia e pelo rigor. Todos os profetas estão retratados com cabelos cacheados e cobertos por turbantes. Eles têm também traços orientais notáveis, principalmente pelos olhos puxados. Junto com a igreja e as peças da Via-Sacra, os profetas compõem um conjunto arquitetônico considerado Patrimônio Cultural da Humanidade pela Organização das Nações Unidas para a Educação, a Ciência e a Cultura (Unesco).

66 imagens da Via-Sacra

Pertencentes ao Santuário de Bom Jesus de Matosinhos, em Congonhas (MG), as imagens representam a Via-Sacra, sofrimento pelo qual Jesus Cristo passou segundo a Bíblia. As obras fazem parte do conjunto arquitetônico considerado Patrimônio Cultural da Humanidade. As características são tipicamente barrocas, com traços do estilo do artista, como o nariz afilado, a covinha que divide o queixo, as narinas profundas, a boca entreaberta e o corpo flexionado. Todas as peças expressam muita emoção no rosto e no olhar.

Igreja de São Francisco de Assis

Localizada em Ouro Preto, chamada de Vila Rica na época da construção, a obra começou a ser erguida pelo pai do artista, que morreu sem terminá-la. Aleijadinho assumiu a obra, ficando responsável tanto pelo projeto arquitetônico exterior quanto interior, o que não era comum. Mistura elementos dos estilos barroco e rococó, o que confere a ela muitos ornamentos, como anjos e guirlandas. As torres, por influência do rococó, são arredondadas. O teto interior da igreja foi pintado por Mestre Ataíde, outro grande artista do período. Maria, mãe de Jesus, é retratada com traços negros.

PARA VER E LER

Livros

O Aleijadinho, de Fernando Jorge – Além de apresentar uma biografia do artista, o livro apresenta uma análise das obras e do estilo barroco no Brasil. Um detalhado trabalho sobre a contribuição do artista à cultura brasileira.

Arte e Paixão: Congonhas do Aleijadinho, de Fábio França – O livro descreve, de maneira didática e objetiva, as obras do artista localizadas no Santuário de Bom Jesus de Matosinhos. Funcionando também como um guia sobre a cidade.

Audiovisual

Aleijadinho: Paixão, Glória e Suplício – Longa-metragem dirigido por Geraldo Santos Pereira, conta a história do artista, contextualizando-a com a exploração das riquezas minerais pela Coroa Portuguesa e a Inconfidência Mineira, movimento contra Portugal que ocorreu em Vila Rica, atual Ouro Preto, em 1789

Site

Desenvolvido pela Universidade de São Paulo, o projeto "Aleijadinho 3D" possibilita ver imagens tridimensionais das principais obras do artista. http://www.aleijadinho3d.icmc.usp.br/index.html

Marcas do estilo de Aleijadinho

- Turbante, presente em todos os profetas esculpidos por Aleijadinho em Congonhas.
- Expressão facial bastante enfatizada.
- Nariz fino pontiagudo.
- Predomínio de linhas curvas. Artistas e críticos da época diziam que Aleijadinho não usava régua, apenas compasso.
- Olhos têm traços orientais.
- Bigode se origina nas narinas.
- Barba e cabelos encaracolados.
- O corpo tem partes desproporcionais, como é o caso do tamanho dos braços e dedos.
- A escultura de Isaías está logo na entrada do Santuário, no pé da escadaria, à esquerda de quem chega. Ele segura um pergaminho com frase em latim, retirada da Bíblia.

Profeta Isaías (Série 12 Profetas, Santuário de Bom Jesus de Matosinhos, Congonhas, MG)

EDITORA MOSTARDA
WWW.EDITORAMOSTARDA.COM.BR
Instagram: @editoramostarda

© Fabiano Ormaneze, 2024

Direção:	Pedro Mezette
Edição:	Andressa Maltese
Produção:	A&A Studio de Criação
Ilustração:	Douglas Reverie
Fotos:	@shutterstock.com
Revisão:	Beatriz Novaes
	Elisandra Pereira
	Marcelo Montoza
	Mateus Bertole
	Nilce Bechara
Diagramação:	Henrique Soares
Edição de arte:	Leonardo Malavazzi

```
Dados Internacionais de Catalogação na Publicação (CIP)
       (Câmara Brasileira do Livro, SP, Brasil)

   Ormaneze, Fabiano
       Aleijadinho : Antônio Francisco Lisboa : Edição
   especial / Fabiano Ormaneze ; ilustrações Douglas
   Reverie. -- 1. ed. -- Campinas, SP : Editora
   Mostarda, 2024.

       ISBN 978-85-88186-58-3

       1. Aleijadinho, 1730-1814 - Biografia - Literatura
   infantojuvenil 2. Arte barroca - Minas Gerais (MG) -
   Literatura infantojuvenil 3. Escultores - Brasil -
   Biografia - Literatura infantojuvenil I. Reverie,
   Douglas. II. Título.

24-219316                                    CDD-028.5
```

Índices para catálogo sistemático:

```
1. Brasil : Escultores : Biografia : Literatura
      infantojuvenil   028.5
2. Brasil : Escultores : Biografia : Literatura
      juvenil   028.5

    Cibele Maria Dias - Bibliotecária - CRB-8/9427
```

Nota: Os profissionais que trabalharam neste livro pesquisaram e compararam diversas fontes numa tentativa de retratar os fatos como eles aconteceram na vida real. Ainda assim, trata-se de uma versão adaptada para o público infantojuvenil que se atém aos eventos e personagens principais.